Briefe von Santa Claus

Eine kleine Auswahl von persönlichen Briefen vom

Weihnachtsmann an liebe Kinder

BoD - Books on Demand
Norderstedt 2020

Renate & Uwe H. Sültz
Bücher von A bis Z

Bibliografische Information durch die Deutsche Nationalbibliothek
Die Deutsche Nationalbibliothek verzeichnet diese Publikation in der
Deutschen Nationalbibliografie; detaillierte bibliografische Daten
sind im Internet über http://dnb.dnb.de abrufbar.

Ebenfalls ab sofort erhältlich:

© Renate Sültz
Herstellung und Verlag:
BoD – Books on Demand, Norderstedt
ISBN 9-78375-2-61043-7

Wieder einmal stand das Weihnachtsfest vor der Tür. New York strahlte wie jedes Jahr in vollem Glanz. In den amerikanischen Haushalten wurden Kekse gebacken und der Truthahn aus der Gefriertruhe geholt. Aufwendig montierte Lichterketten schmückten die Häuser und tatsächlich schneite es in diesem Winter ohne Pause. Alle Wunschzettel der Kinder sind pünktlich am Nordpol angekommen. Das Weihnachts-postamt hatte einiges zu tun. Die Vorfreude auf das Fest war groß, doch eines hatten die Menschen vergessen.

Keiner dachte auch nur einmal daran, wie es dem Weihnachtsmann selbst geht. Wie er es immer wieder schafft, die Geschenke pünktlich zu den Familien zu bringen. Keiner macht sich über Santas Gesundheit Gedanken. Niemand fragt wie viel Arbeit wohl hinter all dem steckt. Alle nehmen es Jahr für Jahr als Selbstverständnis hin, dass der Weihnachtsmann pünktlich die Geschenke bringt.

Zwei Tage vor Heiligabend saß Santa an seinem goldenen Schreibtisch. Er war matt und lustlos, traurig und schlecht gelaunt. So mies ging es ihm noch nie. Doch es konnte und durfte nicht so weiter gehen. Er konnte doch seine Kinder nicht enttäuschen. Schwerfällig wie nie, schlurfte Santa in die Backstube. Dort musste er die Vorbereitungen überprüfen.

Er setzte sich, dort angekommen, auf einen mit Plüsch bezogenen Hocker, der direkt am Fenster stand.

Draußen schneite es heftiger als sonst.
Die Rentiere scharrten unruhig mit ihren Hufen lange Bahnen in den Schnee. Sie merkten, dass etwas nicht stimmte. Weiter humpelte er in die Spielzeugfabrik. Es lief alles nach Zeitplan ab. Unaufhaltsam nahte das Weihnachtsfest.

Alle Schneeeelfen, die Nordpolarbären, die roten Zwerge, die Schneemänner, die Lebkuchenparade und die Schokopolizei versuchten ihn immer wieder aufzumuntern. In diesem Augenblick flog die grüne Elfe Hera auf den Arm des Weihnachtsmannes.

Sie gab ihm einen kleinen goldenen Becher.
Darin befand sich eine silberne, sprudelnde Flüssigkeit. Hera befahl ihm diese zu trinken. Santa tat, was Hera verlangte. Es dauerte nicht lange, da sprang der Mann im roten Kostüm und mit dem weißen Bart von seinem Sofa. Der Weihnachtsmann hatte seine Energie und seine Willenskraft zurückbekommen.

Doch er wollte, dass sich die Kinder mehr besinnen.
Er fing an zuerst einen Brief an alle Kinder zu schreiben:

Liebe Kinder!

Solltet ihr einmal nicht das bekommen, was ihr euch gewünscht habt, oder es finden sich weniger Geschenke unter dem Tannenbaum wieder, seid nicht traurig. Denkt dann darüber nach, wie viele Menschen es in der Welt gibt, die so arm sind, dass sie nichts zu essen haben. Auch werden dann diese Kinder bestimmt keine Weihnachtsgeschenke bekommen, so wie ihr es gewohnt seid.

Ich bitte euch denkt einmal darüber nach. Wenn ich mich hier bei mir am Nordpol einmal umsehe, muss ich feststellen, dass mein Helfer und meine rechte Hand der Nordpolarbär nur noch faul herum liegt. Jedoch, wenn die Elfen gekocht haben, ist er sofort an Ort und Stelle.

Frohe Weihnachten

Euer Santa Claus

Tatsächlich hat er sich erlaubt, vor ein paar
Tagen sämtliche, liebevoll gepackte Geschenke
einfach aufzureißen. Er wollte nur mal den
Inhalt probieren, bekam ich zu hören.
Aber es kam noch schlimmer. Ihr werdet es
kaum erraten. Ich musste den Polarbären in
meinen riesigen Keller schicken. Mit einer
Kerze stieg er hinab. Ausgerechnet in die
Knallkammer. Dort sind tausende Schachteln
mit Knallbonbons gelagert. Den Deckel der
Schachteln hatte ich aufgelassen, damit
ich die Farben besser erkennen konnte.

Frohe Weihnachten

Euer Santa Claus

Ich bat ihn schon mal 20 Schachtelnherauf-
zuholen. Ich war gerade mit dem Sortieren
von Bauernhoftiere beschäftigt. Auf Grund
seiner Bequemlichkeit, holte er sich die
Schneemännlein zur Hilfe. Der Polarbär
vergaß vollkommen, dass die Schneemännlein
keinen Zutritt haben. Wie ich schon vermutete,
fingen die weißen Gesellen an, die Schachteln
aufzureißen.
Der Eisbär wollte sie bestrafen, doch sie
wichen ihm aus. Der Polarbär stolperte, ließ
seine brennende Kerze fallen und verbrannte
sich das Fell.
Ich habe euch schon mal einen kleinen
Einblick gegeben, von dem Durcheinander,
dass im Augenblick bei mir herrscht.
Es läuft nicht immer alles glatt und ich bin
oft froh, wenn ich alles geschafft habe.
Wenn dann der Schlitten gepackt ist und
die Geschenke sind festverschnürt, bin ich
wieder glücklich.

Euer Weihnachtsmann.

Frohe Weihnachten

Euer Santa Claus

Lieber Benny!

Heute schreibt dir Santa einen persönlichen Brief.
Du wirst dich bestimmt wundern. Weißt du Benny,
es steckt sehr viel körperliche Belastung und
Organisation dahinter, bis am 24. Dezember eure
Geschenke pünktlich unter die Tannenbäume
gelegt werden können. Aber welchen Ärger ich
in der letzten Zeit mit meinen Helfern habe,
ist unglaublich. Doch ich will dir einen kleinen
Einblick geben. Nun, der dumme alte Polarbär
macht mir den meisten Ärger. Ich zittere jeden
Tag und habe Angst am Heiligabend nicht
pünktlich bei euch zu sein. Doch ich will dich nicht
beunruhigen, kleiner Benny. Denn ganz so schlimm
war es ja doch nicht. Wir hatten gerade
angefangen, die Pakete auf den Schlitten zu
laden, da fiel er die lange Treppe hinunter.
Das ist die Treppe, die von meinem Wohnzimmer
in die Spielzeugfabrik führt.

Brief an Benny, 6 Jahre alt.

Frohe Weihnachten
Euer Santa Claus

Na ja, der Polarbär wollte helfen und da ist es passiert. Zum Glück leuchtete das Polarlicht wieder recht hell. Aus lauter Freude heraus, haben die Schneeelfen ein Feuerwerk steigen lassen. Dabei entstand ein großes Loch im Nordpolareis. Darunter lag der dicke Eisbär Holger. Er wurde wach und regte sich sehr auf. Aber alles nichts gegen das was mich wirklich anstrengt. Jedes Jahr an Heiligbend, muss ich rund um die Welt reisen und sehr vielen Kindern ihre Wünsche erfüllen. Das fällt mir sehr schwer, denn ich werde auch nicht jünger. Aber ich will trotzdem, dass du ein schönes Weihnachtsfest feierst mit deinen Eltern. Ich freue mich dir deinen Wunsch erfüllen zu können. Lieber Benny, deine Eisenbahn habe ich selbst zusammengesetzt. Sie ist sehr schön. Bau' sie um den Kamin herum auf und genieße die schöne Zeit.

Dein Weihnachtsmann

Frohe Weihnachten
Euer Santa Claus

Lieber Tommy!

Auch du bekommst heute am Heiligabend einen persönlichen Brief von mir. Ich habe dir deinen Wunsch erfüllt. Der große Playmobilcircus ist eine Wucht. Du wirst bestimmt lange damit spielen und sogar an deine Kinder weiter geben. Dass du dich beim Spielen konzentrieren kannst, hast du schon im letzten Jahr bewiesen.
Der eigentliche Grund, warum auch du einen Brief bekommst, ist einfach zu beschreiben.
Die meisten Kinder denken, dass ich mal eben auf die Schnelle alle Geschenke auf der ganzen Welt abliefern kann. Das ich aber dazu viele Helfer brauche, ist nicht in eurem Denken.
Stets muss ich die riesige Backstube kontrollieren. Die Spielzeugfabrik ist auch sehr wichtig. Außerdem müssen die vielen süßen Sachen ordentlich in Glanzpapier gewickelt werden.

Brief an Tommy 10 Jahre alt

Frohe Weihnachten

Euer Santa Claus

Bedenke einmal, dass ich auch in die Jahre
gekommen bin und muss mich in der letzten
Zeit nur noch mit dummen Streichen herum-
ärgern. Gestern noch habe ich gemerkt, dass
die Spielzeuglager total durcheinander
gewirbelt wurden. Immer diese dummen
Streiche, die mit Vorliebe von meinem
Nordpolarbär ausgeführt werden.
Dümmer als dumm war, dass er mir einfach
Stechpalmenzweige ins Bett legte.
Eine Begründung für diesen Streich gab
es nicht. Es stellte sich aber heraus, dass es
doch nicht der Eisbär war, sondern ein böser,
roter Zwerg. Dann fand ich dieses kleine
Wesen schlafend in meinem Küchenschrank.
Ach ja, er hatte zwei ganze Portionen
Schweinebraten verdrückt.

Aber nun wünsche ich dir ein schönes Fest.
Dein Weihnachtsmann

Frohe Weihnachten

Euer Santa Claus

Liebe Mary!

Dein Weihnachtsmann hat sich gedacht, in diesem
Jahr mal einen persönlichen Brief an jeden
Einzelnen von euch schreiben.
Ich will nicht klagen, doch ganz einfach sind auch
meine Aufgaben nicht. In der letzten Zeit habe
ich dieses komische Zittern im Körper. Ich glaube
immer, ich könnte nicht rechtzeitig fertig werden.
In dem ich die Briefe an euch schrieb, trank ich
eine warme Tasse Schokolade. Ein großer Teller
mit Keksen, stand auch bereit. Die grünen Elfen
meinen es nur gut mit mir. Ich merke aber, dass
ich immer dicker werde. Etwas Schwierigkeiten
hatte ich schon, durch euren Kamin zu klettern.
Leider konnte der Polarbär mir nicht helfen,
denn er liegt krank im Bett.
Dein Geschenk konnte ich noch auf den letzten
Drücker packen. Ich hoffe du freust dich über
die schöne Puppenstube. Die kleinen Möbel habe
ich selbst gebaut und für dich extra
schön verpackt.

Dein Weihnachtsmann

Brief an Mary 8 Jahre alt.

Frohe Weihnachten

Euer Santa Claus

Lieber Elton!

Ich sitze hier an meinem goldenen Schreibtisch
und möchte auch dir ein paar Worte schreiben.
Mir ist ganz klar, dass du so etwas noch nie
erlebt hast. Nun zu mir. In den letzten Jahren,
fiel es mir immer schwerer, pünktlich an Heilig-
bend, durch die Kamine zu rutschen und die
Geschenke unter den Baum zu legen.
Zu viel ist bei mir zu Hause am Nordpol geschehen.
Wenn ich nur daran denke, wird mir übel.
Auch nervt mich ganz schön, dass ich dicker
geworden bin. Bei der Generalprobe, bin ich fast
in allen Kaminen steckengeblieben. Die starke
Lebkuchenparade holte mich noch im letzten
Moment heraus. Anfang Dezember hatten wir
einen heftigen Schneesturm am Nordpol.
Über einen Meter hoch lag der Schnee.
Zusätzlich war es sehr nebelig. Meine rechte
Hand, der Polarbär, war sehr krank. Trotzdem
ging er zu den Rentierställen.

Brief an Elton 7 Jahre alt.

Ausgerechnet in dem Zustand verlief er sich und wurde vom Schnee fast eingegraben. Der arme war total nass und hustete. Jetzt wurde er noch kränker, da er ja noch nicht richtig gesund war. Alles ging bei uns drunter und drüber. Ich will hoffen, dass der Polarbär bald wieder helfen kann. Zum Glück hatte ich es dieses Mal noch alleine Geschafft. Lieber Elton, nun wird es Zeit, dass du dein Geschenk auspackst. Der Legokasten, mit dem du dir ganz tolle Hubschrauber bauen kannst, habe ich selbst verpackt. Das wollte ich mir nicht nehmen lassen.

Ich wünsche dir und deiner Familie viele schöne und gemütliche Wintertage, an denen du an eurem warmen Kamin die Hubschrauber bauen kannst.

Dein Weihnachtsmann.

Frohe Weihnachten

Euer Santa Claus

Liebe Hanna und liebe Eltern von Hanna!

Ich glaube, dass ihr der Kleinen meinen Brief
vorlesen müsst. Ich gehe davon aus, dass Hanna
noch nicht lesen kann. Auch Hanna sollte wissen,
wie schwer es für mich geworden ist, alle Kinder-
wünsche zu erfüllen. Meine Kräfte haben nach-
gelassen und ich bin nicht mehr der Jüngste.
Alleine, das Steigen durch die Kamine ist für
mich fast nicht mehr zu schaffen, obwohl die
Elfen mithelfen. Ja, ich schäme mich etwas,
denn ich habe ordentlich zugelegt. Zu Hause
bei mir am Nordpol ist auch alles nicht mehr so
stimmig. Meine rechte Hand, der Nordpolarbär
ist sehr träge geworden. Liegt den ganzen Tag
nur faul herum, anstatt mir zu helfen. Disziplin
scheint ein Fremdwort für ihn geworden zu und
er bringt einiges durcheinander.
Ich möchte euch mit ein paar Worten erklären,
was ich damit meine. Eines Tages, ich glaube es
war im November, wollte er nur mal kurz einen
Spaziergang machen.

Brief an Hanna. 5 Jahre alt

Frohe Weihnachten

Euer Santa Claus

Der Nordpolarbär kam aber nicht zurück.
Ich machte mir Sorgen, denn er war nicht nur
meine rechte Hand, sondern auch mein Freund.
Viel Zeit verging, als es an meiner Tür klopfte.
Fast glaubte ich, dass er wieder da war, doch ich
irrte mich. Ich öffnete die Tür und vor mir stand
ein dicker, zotteliger Braunbär. Wie lange hatte
ich schon keinen Höhlenbär mehr gesehen.
Er stellte mir tatsächlich die Frage, ob ich
meinen Polarbären wieder haben wolle.
Er wartete keine Antwort ab. Also sagte er mir,
dass ich ihn nach Hause holen sollte. Zum Glück
stellte sich heraus, dass er sich verlaufen hatte.
Die bösen Kobolde, die sich in diesen Höhlen
aufhalten, hatten dafür gesorgt, dass er sich
immer tiefer in den Höhlen verirrte.
Kobolde sind sehr schlimm, da ist eine Ratten-
plage nichts dagegen.
Aber ich will euch nicht länger mit meinen Sorgen
belasten, schließlich habe ich es ja doch
geschafft meine Kinder alle glücklich zu machen.

Euer Weihnachtsmann

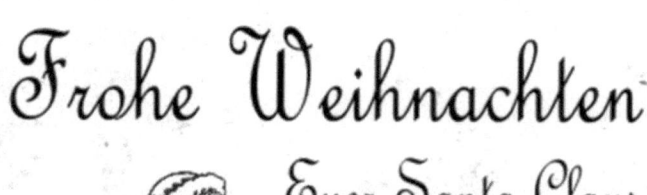

Frohe Weihnachten
Euer Santa Claus

Lieber Stanley!

Heute schreibt dir dein Weihnachtsmann, das
hast du bestimmt nicht erwartet oder?
Ich will dir sagen, dass auch ich sehr viel Arbeit
habe. Nur noch im allerletzten Moment, schaffe
ich es, mit meinem gepackten Schlitten
loszufliegen. Manchmal geschehen schlimme
Dinge bei mir am Nordpol. Die Polarbären haben
oft keine Lust mir zu helfen. Gestern noch
wurde mir meine Mütze vom Kopf gerissen.
Sie flog davon und du wirst es nicht glauben,
sie blieb an der Spitze des Nordpols hängen.
Doch schnell half mir ein roter Zwerg.
Er kletterte die Spitze hinauf und schaffte es
trotz seiner Zwergen-Gestalt, die Mütze
zu holen. Dem nicht genug, brach auch noch
der Nordpolarturm auseinander. Alles fiel
auf das Dach meines Hauses. Durch das
riesige Loch im Dach, fiel der ganze Schnee.

Brief an Stan 5 Jahre alt

Frohe Weihnachten

Euer Santa Claus

Zum Glück konnte ich mit dem Polarbären noch alles rechtzeitig reparieren. Der Knall, der durch den Fall des Turmes entstand, war so laut, dass alle Sterne durcheinander gewirbelt wurden.
Du wirst es nicht glauben, lieber Stan, sogar der Mann im Mond ist in meinen Garten gefallen, als der Turm auf mein Haus fiel.
Dann aß er meine ganze Schokolade auf.
Als ihm richtig schlecht wurde, kletterte er zurück. Nun ja, jetzt will ich dich nicht weiter mit meinen Problemen belästigen. Du hast einen wunderbaren Wunsch von mir erfüllt bekommen. Dein Echtholzschlitten habe ich selbst geschreinert und lackiert. Zum Schluss habe ich die Kufen darunter genagelt und noch mal glatt geschmirgelt. Nun kannst du ohne Probleme durch den Schnee sausen. Ein schönes Fest wünsche ich dir.

Dein Weihnachtsmann

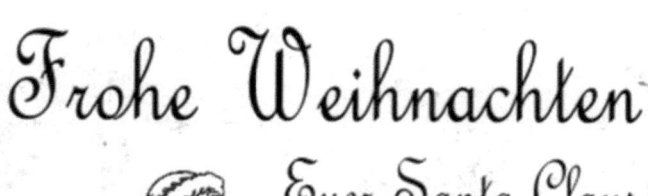

Frohe Weihnachten
Euer Santa Claus

Lieber Georg!

Ich hatte gedacht in diesem Jahr, meinen Kindern keinen Brief zu schreiben. Das ist noch nie vorgekommen. Ich hatte ganz bestimmte Gründe dafür. Du glaubst nicht Georg, was sich in den letzten Jahren bei mir am Nordpol alles abgespielt hatte. So schlimm war es noch nie. Niemals hatte ich Angst, euch nicht pünktlich die Geschenke bringen zu können. Ich war fröhlich und ausgeglichen. Doch viele meiner Helfer machen nur noch Mist und was sie wollen. Haben einfach keine Lust mehr. Da kann ich doch nicht anders, als zu verzweifeln. Jedenfalls wollte ich, dass meine Kinder sich auch mal auf ihren Weihnachtsmann besinnen. Dass sie sich auch einmal Gedanken machen, was ich alles leisten muss und wie viel Kraft und Organisation dahintersteckt. Es tut mir sehr weh, denn oft denke ich, dass ich selbst allen egal bin. Das nur die Geschenke zählen. Du kannst es mit deinen 9 Jahren schon gut verstehen.

Brief an Georg 9 Jahre alt

Frohe Weihnachten

Euer Santa Claus

Vor ein paar Tagen musste ich den Nordpolarbären suchen. Wieder einmal ist er weggegangen ohne mir Bescheid zu sagen. Er hatte sich in den alten Höhlen der Braunbären verirrt. Als ich ihn zitternd in einer der dunklen Höhlen fand, fiel mir ein Stein vom Herzen. In den vielen Jahren, die wir schon zusammen sind, hat sich auch eine tiefe Freundschaft entwickelt. Zum Glück habe ich immer Zündhölzer und eine kleine Kerze in meiner riesigen Jackentasche. Ich traute meinen Augen nicht, denn das was ich dort sah, überraschte mich sehr. Das erstaunt sein, hatte die Angst verdrängt. Die Wände waren voller Zeichen und Malereien. Richtig tief in die Felswände geritzt. Auch mein lieber Nordpolarbär konnte seinen Blick nicht abwenden. Hauptsächlich waren es Bilder von Tieren und eigenartige Strichmännchen. Plötzlich tauchte unerwartet der braune Höhlenbär auf.

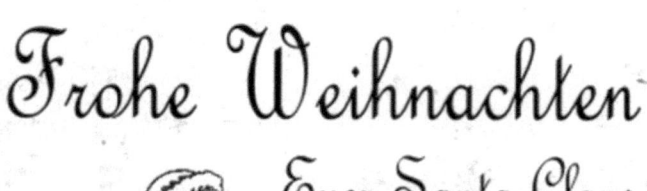

Frohe Weihnachten

Euer Santa Claus

Er behauptete, dass ihm die Höhlen und die Malereien von seinen Eltern und Urgroßeltern vererbt wurden. Der Braunbär meinte, dass der Mensch, der irgendwann dazu kam, die Wandkritzeleien fortgeführt hat.

Der Weihnachtsmann bemerkte, dass es lange vor seiner Zeit war. Damals war der Nordpol noch woanders. Eigentlich glaubte er dem Braunbären nicht, denn nicht die Bären waren diejenigen, die an den Wänden malten, sondern nur der Mensch allein. Egal, die Wandmalereien waren sehr schön, wenn nicht die Kobolde etwas dazwischen geschmiert hätten.

Ich nahm meinen Polarbären an die Hand und führte ihn hinaus aus der Höhle. Wir gingen nach Hause. Durch diese Aktion verzögerten sich die Weihnachtsvorbereitungen erheblich.

Frohe Weihnachten

Euer Santa Claus

Wieder ging alles drunter und drüber. Aus diesem Grund konnte ich heute in letzter Minute noch die Päckchen auf den Schlitten befestigen.

Nun bin ich wieder glücklich, weil ich es geschafft habe, dir lieber Georg, deinen gewünschten Kaufmannsladen zusammenzusetzen. Liebevoll habe ich ihn bestückt. Darin befindet sich eine Theke, kleine Lebensmittel aus Marzipan und eine alte, kleine Kasse.

Du wirst gleich selber sehen, wie schön er geworden ist. Jetzt möchte ich dich nicht länger mit meinem Geschreibsel aufhalten.

Ich wünsche dir ein wunderschönes Fest.

Dein Weihnachtsmann.

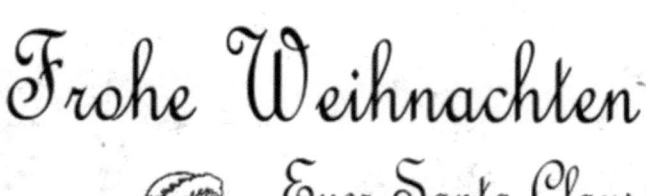

Frohe Weihnachten

Euer Santa Claus

Liebe Amelie!

Dein Santa möchte dir heute mal einen
kleinen Brief schreiben. Du bist erst 3 Jahre
alt und kannst noch nicht lesen. Vielleicht
werden dir deine Eltern diesen Brief vorlesen.
Dass ich bis heute Morgen sehr viel Arbeit
hatte, wirst du nicht verstehen.
Darum wünsche ich dir viel Freude mit
deiner sprechenden Puppe.
Ich habe noch eine Bitte an dich.
Wenn ich darf, möchte ich dir immer
wieder schreiben, solange du an mich glaubst.

Dein Santa

Brief an Amelie 3 Jahre alt

Frohe Weihnachten

Euer Santa Claus

Lieber Otto!

Ich auch dir erklären müssen, wie schwer es mir
fiel alle Weihnachtsvorbereitungen unter einen
Hut zu bekommen. Ich bin älter, schwerfälliger
und kränker geworden. Bei mir am Nordpol ist in
der letzten Zeit, und besonders ein Tag vor
Heiligabend, die Hölle los. Keine Disziplin mehr
und jeder macht was er will. Hier ein Beispiel:
In der letzten Woche musste ich mit dem
Polarbären die Sachen aus dem Keller holen.
Diese Spielsachen waren für die Kinder in
England. Mein Keller ist fast ein unheimliches
Gewölbe. Dort lagere ich alle Geschenke der
Kinder, die auf der ganzen Welt leben. Als wir
nun den Keller betraten fiel mir auf, dass alles
durchwühlt wurde.

Brief an Otto 11 Jahre alt

Frohe Weihnachten

Euer Santa Claus

Es sah schrecklich aus. Beim näheren Hinsehen fiel mir auf, dass vieles gestohlen wurde. Kannst du dir vorstellen wie mir zu Mute war, einen Tag vor Heiligabend ? Keine Geschenke für die Kinder zu haben, das geht gar nicht! Wie sollte ich das schaffen, alle gewünschten Geschenke noch mal zu basteln und zu bauen, zu verpacken und auf den Schlitten zu laden? Der Polarbär, meine helfende Hand, nahm den Geruch der bösen Kobolde war. Sie konnten durch ein Loch in der Kellerwand eindringen. Doch in der letzten Minute schaffte ich es doch noch, mit meinen Helfern zusammen, alle Geschenke zu erneuern. Und deine Garage ist noch schöner als vorher geworden. Bitte hab viel Freude damit und denke daran wie viel Liebe darin steckt.

Dein Santa

Frohe Weihnachten

Euer Santa Claus

Liebes Finchen!

Deine Eltern werden dir gleich diesen Brief
vorlesen. Du bist noch ein kleines Mädchen mit
riesigen Wünschen. Deine Seele ist noch rein
und deine Gedanken zeugen von Unschuld.
Auch du wirst nicht verstehen, warum ich
meinen Kindern einen Brief geschrieben habe.
Darum werde ich auch nicht erzählen, wie
schlecht es mir geht. Es ist auch nicht nötig,
einem kleinen Ding wie dir, mit meinen Problemen das Weihnachtsfest zu vermiesen.
Deinen Wunsch allerdings habe ich dir gerne
erfüllt. Der Puppenwagen und die Schlafpuppe,
die darin liegt, ist wunderschön. Du bist eine
richtige Puppenmama. Nun möchte ich nicht
länger stören und wünsche dir viel Freude damit.

Dein Weihnachtsmann

Brief an Josefine 4 Jahre alt

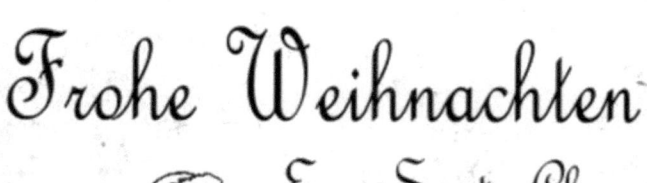

Frohe Weihnachten

Euer Santa Claus

Lieber Jonas!

Diesen Brief habe ich, wie auch all die anderen
Briefe an meine Kinder, nicht geschrieben um
Mitleid zu erwecken. Nein, ich möchte einfach
nur, dass auch du einmal weißt, und dir Gedanken
machst, wie es uns hier am Nordpol ergeht.
Hier hat die Kälte erbarmungslos zugeschlagen.
An meiner Handschrift erkennst du wie
ich bibbere. Vor ein paar Tagen mussten wir
den Rentierschuppen freischaufeln. Meine Helfer
fanden in den Schneemassen nicht zurück.
Ich musste sie suchen. Der Nordpolarbär musste
das erste Mal zusätzlich einen Mantel aus
Schafsfell anziehen und rote Fäustlinge tragen.
Auch ich habe Hilfe benötigt. Ich rief alle roten
Elfen zusammen. Sie sollten mir beim Schnee-
schaufeln helfen. Doch diese kleinen Biester
haben den Ernst der Lage nicht erkannt und
machten eine Schneeballschlacht.

Brief an Jonas. 6 Jahre alt

Frohe Weihnachten

Euer Santa Claus

Das ist ja noch das kleinste Problem. Erst vor
einigen Monaten haben hatten wir eine Koboldplage.
Mit viel Mühe ist es uns gelungen, sie zu
vertreiben. Heute Morgen sagte der Nordpolar-
bär, dass es wieder mit den Kobolden anfängt.
Sie hätten sich schon wieder in meinem
Vorratskeller zusammengerottet. Beim letzten
Mal hatten wir ein riesiges Loch in der Wand.
Da kamen sie alle rein. Wenn das stimmt,
was der Polarbär sagte, dann brauche ich einen
Kammerjäger. Meine Elfen habe ich mit speziellen
Funkenspeeren ausgestattet. Davor werden
die Kobolde ordentlich Angst bekommen.
Nun ja, einen kleinen Einblick in unser
turbulentes Leben am Nordpol, konnte ich
dir geben. Ich möchte aber, dass du ein schönes
Weihnachtsfest mit deinem, von mir gebauten
Raumschiff hast.
Ich wünsche dir ein friedliches Fest.

Dein Weihnachtsmann.

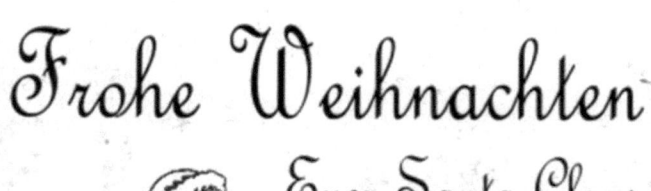

Frohe Weihnachten
Euer Santa Claus

Liebe Lotte!

Du und all die anderen Kinder haben an diesem
Heiligabend einen Brief in ihrer Geschenkebox
von mir vorgefunden. Lass' dich nicht von
meiner kritzeligen Handschrift irritieren.
Da ist einiges bei uns am Nordpol vorgefallen
in den letzten Monaten, was ich erst einmal
verarbeiten muss. Übrigens, entweder ist euer
Kamin zu eng gebaut worden oder ich habe ganz
schön zugelegt. Bin fast steckengeblieben.
Ist auch egal. Jedenfalls ist deinem Geschenk
nichts passiert. Ich habe erfahren, dass du
sehr fleißig in der Schule bist. Du kannst auch
schon wunderbar lesen und tust es auch in
deiner freien Zeit. Das bewundere ich sehr.
Darum habe ich für dich ein ganz besonderes
Buch ausgesucht. Es beinhaltet viele schöne
Tierbilder. Es wird darin auch über jedes
einzelne Tier etwas geschrieben. Hast du denn
schon deinen Hasen bekommen, wovon du mir
im letzten Jahr geschrieben hast? Du wirst
ihn bestimmt haben. Als ich heute Abend
durch den Kamin in euer Wohnzimmer
gestiegen bin, huschte etwas Braunes mit
einem weißen Stummelschwanz an mir vorbei.
Ich wünsche dir jedenfalls ein
                    wunderschönes Weihnachtsfest.

Dein Weihnachtsmann.

Brief an Lotte. 7 Jahre alt

Frohe Weihnachten
Euer Santa Claus

Liebe Kinder, als ich nach getaner Arbeit in Gedanken versunken, an meinem Schreibtisch saß, viel mir ein, was ich in der Zeit vor dem Fest mit dem Nordpolarbären erlebt hatte. Ich habe versucht das Erlebte in gereimter Form darzustellen.

Viel Freude beim Lesen
　　　　Euer Weihnachtsmann

Ihr alle werdet fragen,

was sich am Nordpol zugetragen.

Ob das lange Jahr,

ein Gutes oder mieses war.

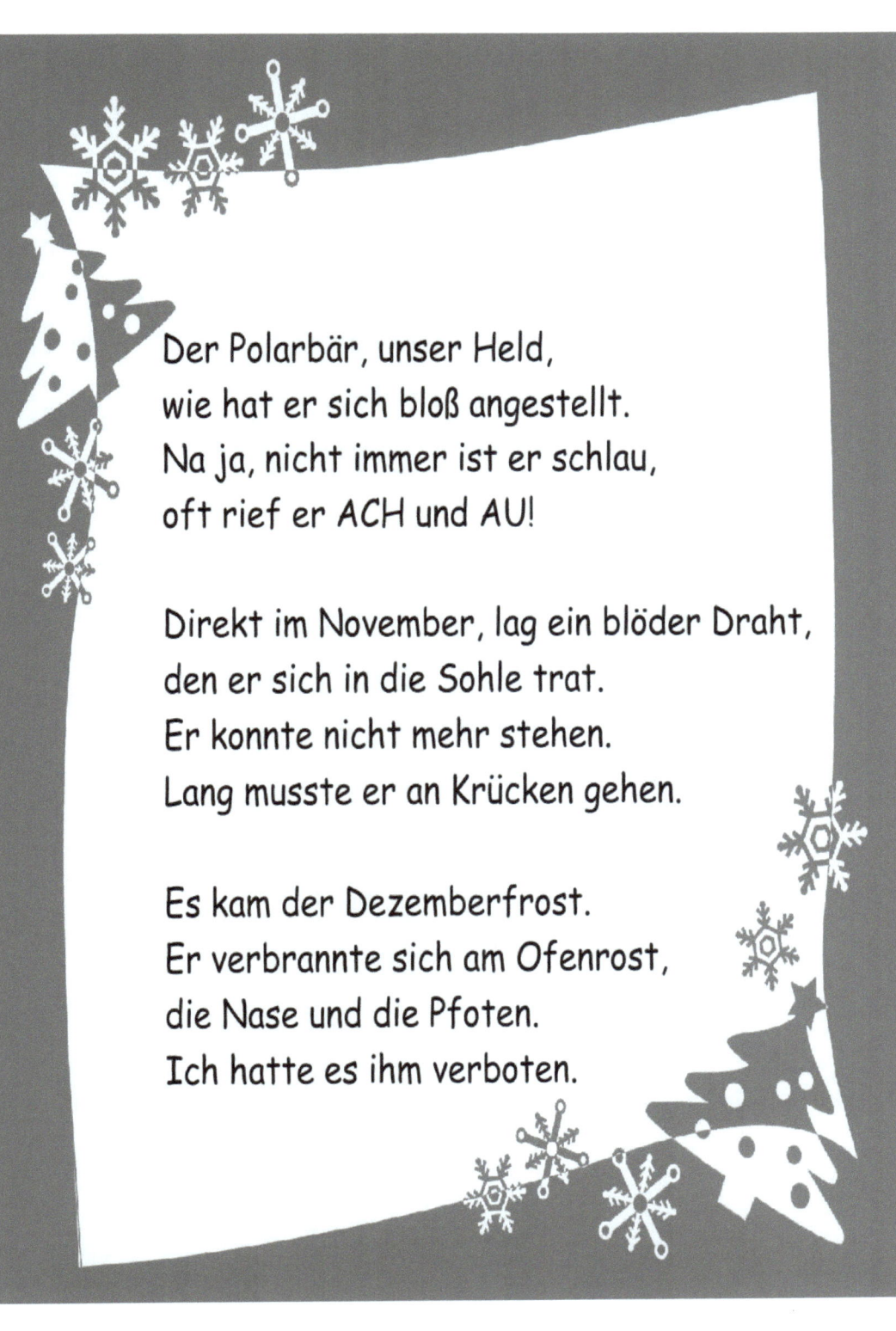

Der Polarbär, unser Held,
wie hat er sich bloß angestellt.
Na ja, nicht immer ist er schlau,
oft rief er ACH und AU!

Direkt im November, lag ein blöder Draht,
den er sich in die Sohle trat.
Er konnte nicht mehr stehen.
Lang musste er an Krücken gehen.

Es kam der Dezemberfrost.
Er verbrannte sich am Ofenrost,
die Nase und die Pfoten.
Ich hatte es ihm verboten.

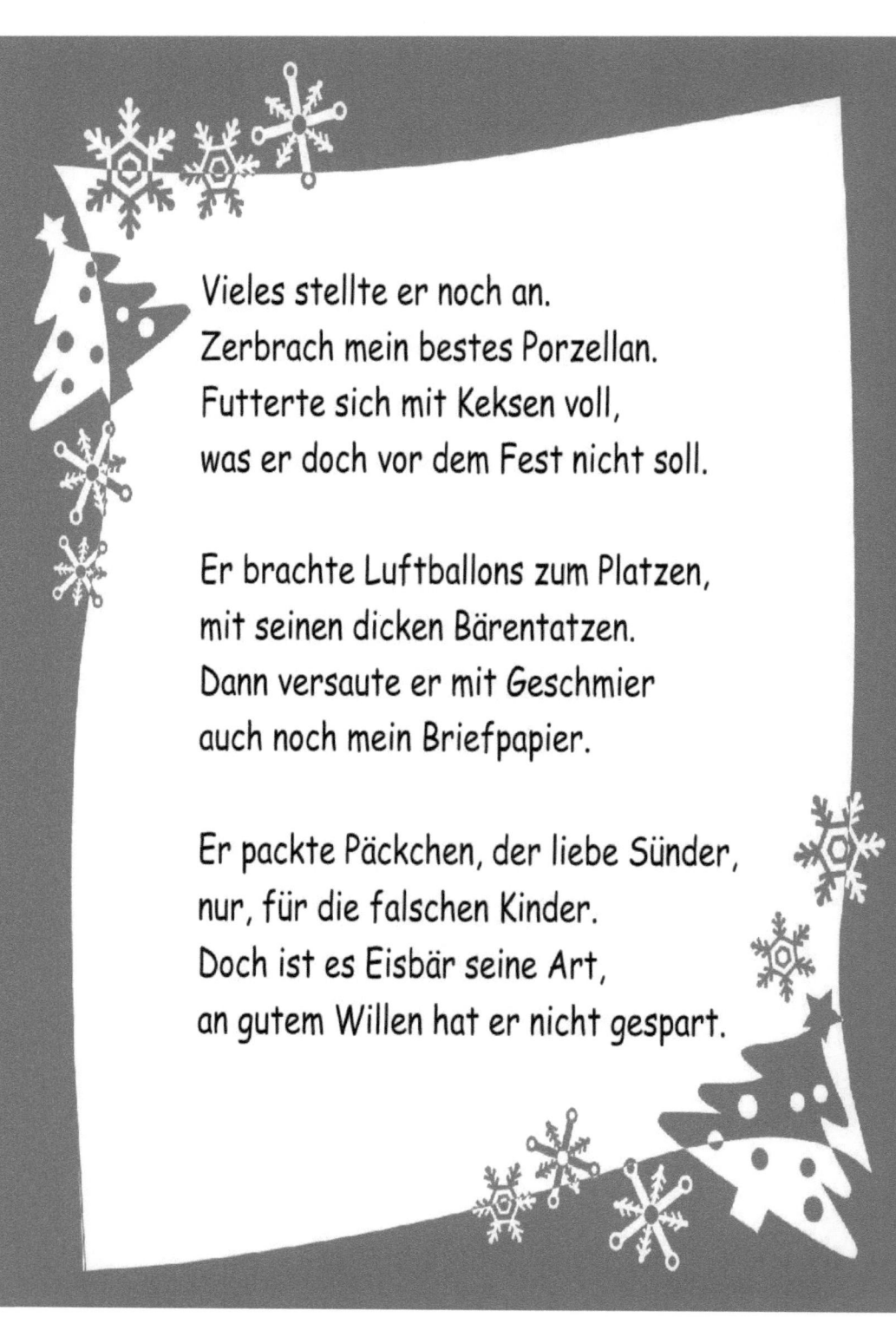

Vieles stellte er noch an.
Zerbrach mein bestes Porzellan.
Futterte sich mit Keksen voll,
was er doch vor dem Fest nicht soll.

Er brachte Luftballons zum Platzen,
mit seinen dicken Bärentatzen.
Dann versaute er mit Geschmier
auch noch mein Briefpapier.

Er packte Päckchen, der liebe Sünder,
nur, für die falschen Kinder.
Doch ist es Eisbär seine Art,
an gutem Willen hat er nicht gespart.

Trotzdem will ich ihn loben.

Er hat geschleppt und viel gehoben.

Ist laufend hin und her gewetzt,

hat sich keinmal hingesetzt.

Das Weihnachtsfest ist nicht vorüber,
da hat der Bär Bauchweh und Fieber.
Er war auf Nüsse so versessen,
hat sie mit Schale aufgegessen.

Im Vertrauen, der dicke Bär,
aß durcheinander noch viel mehr.

Schinken und Auflauf,
mit Essiggurken oben drauf.

Pudding, Honig und Lakritz.
Auch Sahne und viel Kinkerlitz.

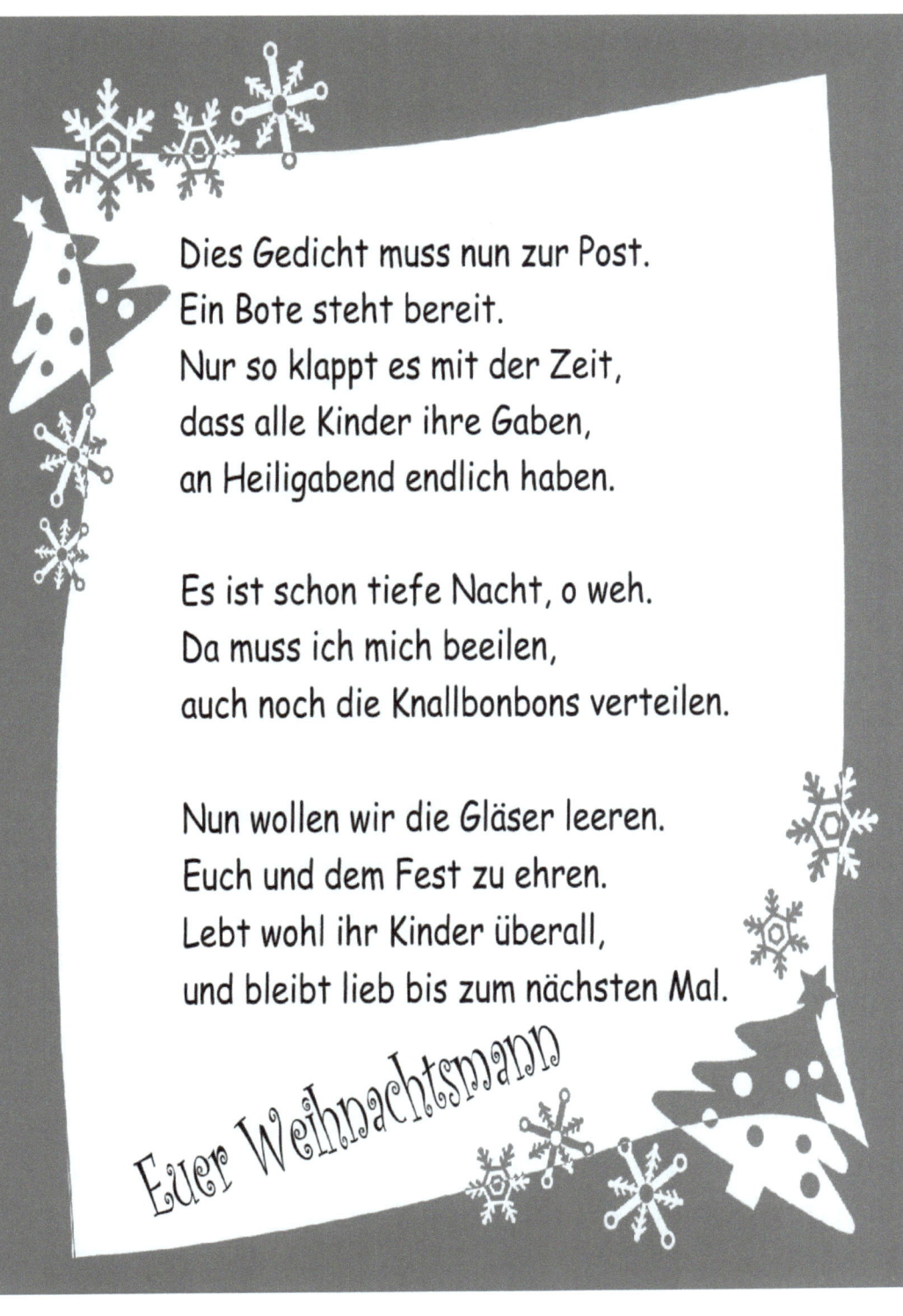

Dies Gedicht muss nun zur Post.
Ein Bote steht bereit.
Nur so klappt es mit der Zeit,
dass alle Kinder ihre Gaben,
an Heiligabend endlich haben.

Es ist schon tiefe Nacht, o weh.
Da muss ich mich beeilen,
auch noch die Knallbonbons verteilen.

Nun wollen wir die Gläser leeren.
Euch und dem Fest zu ehren.
Lebt wohl ihr Kinder überall,
und bleibt lieb bis zum nächsten Mal.

Euer Weihnachtsmann

Nachwort der Autorin

Wie schön war die Kinderzeit und ist sie noch. Immer wieder denke ich an diese Weihnachtstage. Es war so schön, sodass ich jedes Mal das Gefühl habe, mitten drin in der Vergangenheit zu sein. Wie unbeschwert und glücklich wir noch waren. Begeistert vom Glanz der echten Kerzen und des Duftes der Plätzchen, die meine Mutter in der Weihnachtszeit gebacken hatte. Wehmütig ist mir zu Mute, jedes Jahr zur gleichen Zeit. Meine Wünsche damals waren klein. Trotzdem konnten meine Eltern (und Santa Claus) nicht immer alles erfüllen. Aber wie sie es schenkten und zelebrierten, war einzigartig. Jedenfalls habe ich es so empfunden. Heute denke ich, die Geschenke konnten noch so klein ausfallen, aber für mich war es so schön. Ich erfreute mich daran, wie der Baum geschmückt war, mit wie viel Liebe meine Mam die Geschenke verpackt hatte, wenn Santa Claus mal wenig Zeit hatte. Natürlich war da noch mein Lieblingsessen. Das gesamte Weihnachtsfest mit meinen Eltern passte irgendwie in die damalige Welt, leider nicht mehr in die Heutige. Oder?
Was sagen meine Leser dazu?

Die Erinnerungen an das Weihnachtsfest in meinen Kindertagen, sind mit Wehmut und außergewöhnlicher Liebe geprägt.

Frohe Weihnachten   *Renate Sültz*